KB008215

현대시세계 시인선 111

당신에게 가는 길을 익히고 있다

이우림
시집

당신에게 가는 길을 익히고 있다

이우림
시집

도서
출판 북인

흐르고 있다
물처럼
구름처럼
공기처럼
흐르고자 한다
어쩌다
거꾸로 흐르는 바람의 손을 잡고 싶을 때 있다
지그시
눈감고 숨 고른다

2020년 들봄날

차례

시인의 말 5

1부

강가에서 · 13

그림자 그 남자 · 14

구층암에서 · 15

후박나무를 읽다 · 16

청라도, 나만의 바다 · 18

을왕리 궤변 · 20

비가 먹는다 · 22

까치는 안다 · 23

배꽃 피다 · 24

너를 찾는다 · 26

날궂이 · 28

겨울 냉이 · 30

귀가 간지럽다 · 31

맑아도 검다 · 32

하루가 비처럼 내린다 · 34

2부

호박잎 한 장 · 39

콩나물대가리가 푸들하다 · 40

에이형 · 42

어린이날 아침 · 43

쌈채로 그린다 · 44

봄볕의 유혹 · 46

그리움의 불륜 · 48

당신에게 가는 길을 익히고 있다 · 49

못난 이브 · 50

나무와 개와 나와 아버지 · 52

오늘밤도 큰누이와 보리밭둑을 걷는다 · 54

개미도 나도 · 55

오늘밤엔 · 56

거미가 희미해진 나를 찾아준다 · 58

주보라의 집 · 60

3부

내 거 아닌 내 거 · 63

돌탑 해맞이 · 64

바람의 침술 · 65

4월은 · 66

풀이 풀을 뽑는다 · 68

편쑤기 한 사발만큼만 · 70

산방굴사 · 71

추사를 모시다 · 72

참세상 · 74

들이마시고 내쉰다는 것이 짐이다 · 76

대나무처럼 · 78

그녀는 · 80

5·18 민주묘지에서 · 82

태초에 말씀이 있었다 · 84

떨어져주세요 · 86

4부

빙리화氷里花 · 89

혜순 씨와 혜순 씨 신랑 · 90

야매를 만났다 · 92

앤디 워홀을 만나다 · 94

안다는 건 모른다는 것 · 96

상춘傷春 · 97

봄앓이만 곯다 상사로 진다 · 98

백락사에서 · 99

말 · 100

매미 지다 · 101

나를 굽는다 · 102

11월11일, 백담사에 핀 개나리경鑿 · 103

세상이 조현병이다 · 104

숫대 · 106

블루베리, 연한 보랏빛 때문에 · 107

해설 말이 언어가 되는 일, 혹은 겹겹이 쌓여 아득해지는 / 박성현·108

1부

강가에서

임진강 적벽,
물결에 반사된 노을이 맑게 몸을 푼다
너를 놓아야 할까
나를 놓아야 할까
노을 문 물결에 묻는다
말없는 물결,
물음표도 생각도 물결이 되어버렸나
강 건너 불어오는 갯버들바람이 잠자리 꽁지 담그듯
살며시 물결에 몸 섞는다
갯버들바람은
버들물결이 되고
무채색 노을이 되고
미늘 없는 낚시 바늘이 된다
낚시꾼은 버들바람처럼 소용돌이로 흐르고
나는 미늘 없는 바늘
너를 낚는다

그림자 그 남자

그림자라고 쓰는데 손가락이 그 남자라고 말한다
머리앓이 잠재우는 진통제나 잠언처럼

정오의 태양 아래 그림자는 지구 반대편에 서 있다
그 순간 빛은 없다 이성도 없다 무감정의 그림자만 마주
할 뿐이다
그 남자와 그 여자 사이 내가 있다 아니다 그 남자와 나
사이에 그림자가 있다
그림자는 나이다가 그 여자이다가 그 남자이기도 한다
깊이 숨기면 숨길수록 길어지는 그림자의 그림자놀이가
허망하다는 순간
정점에 달라붙고 마는 빛의 산란을
그 남자도 알고 나도 알고 그림자도 빈 그림자로 안다
하늘과 땅이 생길 때부터 서로가 서로의 그림자였다는
것을 기억해낸다는 것은
아담과 하와 사이 뱀이 등장하면서 연출되었다는 것도
안다
피라미드에서 꼭짓점의 관계를 풀어내는 것처럼
그림자는 그 남자일 수밖에 없다

구층암에서

400백 년 된 암자
뜨락 가득 모과나무는 하늘에 그림자를 드리우고
아궁이에서는 400년의 끈이 피어오른다
비워내는 일이 되찾는 일이라는 것을
구들장 온기로 배운다
수백 년 전 바람과 구름과 비와 달과 별과 해와 사람의 소리를
간직한 모과나무 두 그루
암자의 대들보로 심겼다
땅기운 퍼올려 하늘에 치성을 드리듯
하늘 뜻 귀담아온 대지에 전달하듯
죽은 나무로 살아 있는 모과나무
부처님의 어느 설법보다 진한 감동이다
쪽진머리 외할머니 정화수 기도가 보이고
바다로 들어간 해가 바다를 뚫고 나오도록
돌탑 쌓던 사내도 보인다
가만히 손을 얹는다
가슴에 파문이 번진다
모과처럼 썩으란다
썩으면 썩을수록 더 짙은 향으로 소지 올리는
모과 사람이 되라 한다

후박나무를 읽다

매물도 대항마을엔 삼백 년 된 후박나무가 있다
사람들의 오랜 쉼터, 후박나무는
대항마을 사람들의 교회
팍팍한 사람들의 숨, 후박나무는
대항마을 사람들의 절
차돌 같은 아이들의 놀이터, 후박나무는
별 꿈 비행기 선생님
바람의 음표를 기억하는 후박나무는
섬의 역사를 나뭇가지 흔들림으로 기록한다
섬은 산이다
산에는 나무가 산다
나무는 해海품길로
바다를 품고
사람을 품고
바다에 빠진 달을 품고
어둠에 잘려나간 집게발을 품고
파도가 놓아주지 않는 절벽의 멍을 품고
품고품고품고//품고품고품고//
저 후박나무, 섬을 끌어안고
산을 끌어안고 나를 끌어안고

후박나무를 끌어안고
끌어안고끌어안고//끌어안고끌어안고//
끌어안고 있다
꼬돌개 지나야 세상에서 가장 아름다운 해넘이 볼 수 있다고
저 후박나무 알몸으로 앉아 있다

청라도, 나만의 바다

출렁인다
달려갈 수 있는
쓰러질 수 있는
곳
친구였다
산이었고 바다였고 아버지였고 언니였고 첫사랑이었다
사람이었다
감정선이 달랐고 취미가 달랐고 먹는 음식이 달랐다
조금씩 봄싹처럼 올라왔다
잎이 나고 꽃이 피고 초록만이 아니었다
한 번 삼키고
두 번 삼키고
세 번 삼키고
참새가 황조롱이 될 수 없고
패랭이가 주목 될 수 없고
바람이 주막 될 수 없다고
알았다
나도 칸트였다
바다는 바다
산은 산

용버들은 용버들
달려가 쓰러질 수 있는

을왕리 궤변

바다가 불러서
을왕리가 불러서
달려갔어
철조망에 갇힌 바다가
딴지를 걸었어
섬과 섬, 깍지낀 손이 불편한 것은
해당화의 외도 때문일 거야
바다가 철조망에 갇히자
해당화도 모래톱을 잃었고
해풍도 철조망에 찢기고
갈매기도 조각난 하늘에 멈칫하고
문저리도 제 꼬리를 물고 바다를 들어올렸고
어물쩡 코가 꿴 숭어 한 마리
묵은지를 불러다놓고
동어를 낳았어
그녀는 묵은지에 돌돌 말린 동어를
한 쌈 했어
김칫국인지 동어가 쏟아내는 양수인지
주루룩 흘러내리는 물을
연신 들이마셨어

눈알이 붉어지도록
감긴 동어 눈이 딱 한번 치켜뜨도록
방향을 틀어 목구멍을 찾아가는 꼬리지느러미의 마지막 놀림
그녀는 바다를 삼켰고
동어는 심해心海를 꼬리쳐 갔어
또 하나의 바다가 생겼어
또 하나의 을왕리가 생겼어
내가 나를 낳았어

비가 먹는다

강물이, 길이, 흙이, 로드킬이 눈을 뜬다

고라니가, 멧밭쥐가, 황조롱이가, 말똥게가 주둥이를 샐쭉한다

버드나무는 초록을, 개나리는 노랑을, 복숭아나무는 연분홍을, 배나무는 하양을 더 물들인다

나무가 놓지 못하는 빈 집
길이 길을 잃은 사실
기러기가 홀로된 얘기
강물이 흐르다 넘친 사연
맨발이 된 이유
다리도 달리는 차도 멈춰선 자전거도 모른다

개구리가 소리를 내민다 소리에는 동굴이 있다 동굴 속에는 꿈이 내린다 꿈은 밤마다 찾아온다 오각형 창문에 쪽지를 꽂아둔다

비가 먹는다

까치는 안다

높은 곳이 좋은 걸까
전망 좋은 우듬지
바람의 혀가 날름거리고
어둠이 채워졌다 밝음이 채워지고
비의 낙樂하가 리듬을 타고
지어진 집
혹독한 눈의 계절
벌거숭이가 되어도 솔직한 나무 위
얼기설기 앉은 집
덩치 좋은 나무가 태풍 헛기침에 넘어갔어도
꿋꿋하게 버티고 있는
나무의 나력裸力
채워지면 떠나고
비워지면 슬그머니 찾아드는
그런 나무
빗물이 눈물이어도
독설獨說의 감옥이어도
그런 집이고 싶다
까치는 안다
뿌리가 집인 것을

배꽃 피다

황사 뒤집어쓴 배나무가
말갛게 웃는다
미친년 치맛자락 들추듯
꽃샘바람은 어둠과 실랑이한다
비가 내린다
흘러내리는 건 수피인가 먼지인가
비의 농간에
천둥이 박히고 번개가 파고들어야
배나무에 꽃은 피는가
국사봉 배꽃비가 바람을 탄다

으슬으슬하다
찬기가 연기처럼 스며들어
삭신을 비틀고 다닌다
봄비가 흥건하다
코흘리개 친구 경선이가 채취해
배와 꿀을 넣어 달인 산도라지
소태 가득한 입이 더 쓰다
쓴 것이 약이라 했지
경선이의 달이고 졸였을 기도문을 마신다

내 안에 배꽃이 핀다
경선이가 배꽃으로 핀다

너를 찾는다

지금 차 안엔 너와 듣던 노래가 겨울비로 흐른다
겨울맞이 끝마친 나무들도 저마다의 빛깔로 음표를 날린다
이렇게 십일월에 비가 내리면 어김없이 나는 너를 만나러간다
우산도 필요 없는 비와 걷는 길
공릉천 둑길은 예나 지금이나 한가롭기 그지없는데
시작도 끝도 평행인 기찻길도 서로 녹슨 채 바라보고 있는데
너와 걷던 그날처럼 안개비는 무심한 척 스미는데
자꾸만 파고드는데
나는 알 수 있다
지나가는 바람이라 해도 느낄 수 있다
발밑에서 부서지는 낙엽이라 해도 들을 수 있다
강물 위를 떠가는 구름이라 해도 볼 수 있다
기러기 고단한 날개에 부서지는 빗방울이어도
갈대줄기에 매달린 작은 새 둥지라 해도
때로는 돌부리가 수도 없이 넘어뜨려도
알 수 있다
아직 너는 내 피 속에 존재한다는 것을
영원히 나는 너이고 너는 나라는 것을
부정할 수 없다
비가 비가 아니듯

눈이 눈이 아니듯
지금 차 안엔 너와 듣던 멜로디가 혈관을 타고 흐른다
공릉천 갈대가 너울 춤추고 물결은 은빛으로 부서진다
너와 걷던 둑길은 포근하기만 한데
지금 차 안엔 너와 듣던 멜로디가 자꾸만 너를 찾는다

날궂이

날리는 듯 말리는 듯 획 없는 비
속살 내비치는 꽃의 요염
바람의 혀가 희롱한다
방정한 흙냄새 속
수컷의 비린 향
비에 섞여 일어선다
푸석푸석 날리는 가슴속 먼지들
혼란하다
혈관을 타고 전두엽으로 모이는 것들
저희끼리 싸우는지
머리통이 빠개질 것 같다
싹이 땅 벌리듯
움이 나무껍데기 갈라놓듯
살이 찢겨져야 아이를 보여주듯
당연한 듯 당연하지 않은
지랄 맞은 병
박태기 줄기에 밥풀때기 빽빽하다
비에 끌려
수컷 향에 잡혀
찜질방 기웃대는 박태기는

알몸의 박태기는
생살만 찢고
오라질 두통은
발가벗고
박태기 마른 꼬투리에 달라붙는다

겨울 냉이

우산 없는데 비가 내렸어
비가 뻘쭘했어
마트로 들어갔어
우산은 보이지 않았어
비 맞은 신발만 걸어다녔어
비닐봉지에 담긴 냉이를 만났어
냉이도 비를 피해 들어온 걸까
촛불을 켜기 위해 초가 되기 위해 기다리는 걸까
냉이 봉지를 사들고 왔어
가슴에 촛불을 켜기 위해 냉이를 데쳤어
서투른 봄내가 나쁘지 않았어
곰삭은 멸치액젓과 된장으로 버무렸어
침이 솟구쳤어
시린 뼈향은 아니어도 콧잔등이 알싸했어
겨울을 털어내는 겨울눈이 봉긋한 겨울목련의 철없음을
알겠다는
비가 내렸어
냉이를 샀어
촛불을 켰어
봄맞이는 아니었어

귀가 간지럽다

섣달 그믐밤

달길이 어둡다고 귓구멍도 침침하다

길의 문은 귀

왼쪽 귀에서 시작된 길이 나가야 할 길은 오른쪽 귀 그런데 자꾸만 왼쪽 귀가 간지럽다 편도 일차선 정차된 한 대 때문에 오도 가도 못하고 담배연기로 속 불 지피듯 귀가 간지럽다 파내야 할 귀똥이 많은가 들썩들썩 뒤척이는 묵고 묵은 이야기들이 또 이야기를 만드는 걸까 이야기는 귀가 있어야 말거리가 되는 법 오랫동안 내 귓속에 말의 무덤을 만들었다 비문도 없이 무덤 위에 무덤으로 쌓아올렸다 가끔 무덤은 길을 막거나 문을 닫기도 했다 기울기가 깨진 귓바퀴는 시간을 무너뜨렸다 중광 스님을 따라한 상해 누더기 할아버지를 만나거나 다섯 살 아이가 감당하기엔 벅찬 꿈의 해석이거나 능구렁이로 토막난 뱃속의 태아이거나 귀는 구천을 흔들기도 했다

비가 내린다

겨울비가 귀청을 찢는다

무덤들이 허물어진다

소리도 없이 길도 없이 바람도 없이 사라진다

신발을 신는다

빗방울로 흩어진 달빛을 모아 길을 만든다

맑아도 검다

빗방울 리듬에 맞춰 흘러간다
물이 맑다
낙동강으로 낙동강으로 무색無色 달려간다
태백산 자락 태백에 황지黃池를 만든
매봉산梅峰山 천의봉天衣峯 너덜샘
마르지 않듯
기억한다
탄광촌
하루 24시간 깨어 있었다는 광부들
사타구니 폭파되고 젖가슴 유린당해도
또 내놓고 또 벌리는 광산
검고 검었던 광산의 피
황지천도 온통 검은 물로 흐르고
아이도 검은색
곰취도 검은색
어수리도 검은색
학교도 경찰서도 나무도 꽃도 짝사랑도 검었다고
검은색의 아이가 살색의 어머니로 말한다
석탄 채광이 끝나고
1년 5년 10년 철따라 내린

비가
학교 얼굴을 씻기고
병원 담벼락을 씻기고
연분홍 철쭉 멍울을 씻기고
석탄 품은 돌덩이를 씻기고
씻기고씻기고씻기고
물이 맑다
눈길을 낚아채는 거뭇거뭇 얼룩진 나무
골마다 빗물이 흐른다
검은 뿌리로 스민다
얼굴마다 검버섯꽃 하늘거린다

하루가 비처럼 내린다

겨울비는 눈꺼풀도 지치게 한다
비는 불빛 따라 길이다 어둠이다 웅덩이다
내 나이가 어때서 사랑하기 딱 좋은 나인데
열창하는 한글반 학생들이 구성지게 슬프다
비 얘기를 하다
아스팔트가 깔고 앉은 흙길을 끌어낸다
비가 오면 작은 웅덩이마다 물고기가 내렸다는데
비구름이 냇물에 닿으면 그 물줄기 따라 고기가 올라가
비를 타고 내렸다는데
낙숫물 패인 자리에도 미꾸라지가 내렸다는데
깊은 산 계곡 머리에도 물고기가 내렸다는데
물고기를 낳았다는 비는 아무래도 암컷이 아닐까
아니 아니 수컷이 아닐까
이상하다
안흥항엔 돌고래가 내려야 하고
대명항엔 밴댕이가 내려야 하고
애월엔 자리돔이 쏟아져야 하고
남해엔 죽방멸치가 내려야 하는데
들은 바 없다
바다에 사는 것들엔 소금이 있다

비는 담백하다

소금은 추다

냇물도 슴슴하다

추는 묵직하다

담수는 은하수처럼 있다가 없다

비는 밤을 더 깊게 만든다

2부

호박잎 한 장

빡빡장 지지고 호박잎 쪘다
한 쌈 진하게 무니
호박잎 초록물이 주르르 흐른다
먹을 것이 없어서
해줄 것이 없어서
빡빡장 맛으로 먹었던 호박잎
어매가 녹아 있다

포대종이도 귀하던 시절
종이는 자식 주고 어매는 거친 호박잎으로 밑 닦았지
종이마저 없을 때는
여린 호박잎 한 장
비벼주며
보드란 데로 닦아라
고게 맛있는 호박잎이다

호박잎으로 밑 닦으면 울 어매 속 쪼매 알까

콩나물대가리가 푸들하다

미현이가 콩나물밥을 참 좋아해
종처럼 등이 둥근 여자가
웃자란 콩나물 머리채를 움켜잡고
(놀라지 말라는 듯) 흔들어 뽑아낸다
한쪽으로 허물어진 허리
철사로 동여맨 시루
닮았다
무명실로 꿰맨 바가지 새듯
허리가 뜨끔거릴 때마다 오줌길도 열린다
콩나물뿌리에 매달린 물방울이 맨발로
달아나다 귀퉁이 닳은 문지방에 걸터앉는다
미현이처럼 웃는다
늙은 여자가 혼잣말을 한다
미현이가 콩나물밥을 참 좋아해

콩나물대가리가 푸들푸들하다
미현이는 늙은 여자의 막내딸
원인 모를 신병神病으로 고통당할 때
아이를 낳으면 괜찮아질 거란 만신卍神의 말에
콩나물대가리가 푸들푸들하다

사십 중반, 21번 염색체 하나를 더 쥐고 나온 몽고증 미현이는
늙은 여자 몸에 콩나물대가리 같은 부적
불안을 잠재우고 평안을 주는
콩나물대가리가 푸들푸들하다
나, 가고 나면 저것을 어쩐다니
콩나물대가리 반쪽이 툭.

에이형

군번줄을 받았다
비상사태가 발생하면 마지막 수습을 위해 꼭 필요한 그것
군번 아닌 전화번호와 혈액형이 새겨진 줄
묘하게 국가에 대한 소속감이 발원지 샘물처럼 설렌다
장병들 독후감 발표를 들으면서
국가에 바친 아들의 패기 신념 두려움 칠흑 혜성 눈물이
군번줄에 꿰였다
시를 써야겠다고 필승을 외쳤다
남편은 개처럼 탱크를 몰았고
아들은 빗자루처럼 수색을 했다고
군번줄을 흔들었다
나는 피똥 같은 시를 썼다고 군번줄을 목에 걸었다
탱크도 빗자루도 휴지도 목숨은 하나
장난감처럼 갈잎처럼 먼지처럼 하나로 되는 것
군번줄은 저장한다
봉숭아꽃과 아주까리 곁을
허름한 개가
상형문자로 걸어 걸어
찔레꽃을 올린다는 것을

어린이날 아침

생뚱맞게 미역국을 끓인다
마른 조갯살 살짝 불려서
마늘에 조물조물
참기름에 달달 볶는다
손으로 끊은 미역도 넣는다
물을 붓고 퍽퍽 끓인다
곰삭은 멸치액젓으로 간한다
그 아이를 위한 미역국
어린이날이 껌인지 사탕인지 모르는 아이
검단사 돌탑에 불안한 먼지로 앉힌 아이
빛은 긁어내는 아픔만 있는 줄 아는 아이
머리에 피가 돌기도 전 말라버린 아이
세상에 핏덩이로 버려진 아이 아이 아이
선생님이 됐을
어른이 됐을
어머니가 됐을
내 어머니의 할머니가 됐을
아이 하나 아이 둘 아이 셋, 넷, 다섯… ∞를
위해 복닥복닥 끓인다
나를 끓인다

쌈채로 그린다

유난히 쌈 싸먹기를 좋아한다
여러 장 겹쳐 싸먹는 맛은 환상이다
쌈들이 내뿜는 수액은 꽃등심 육즙과 비할 바 아니다

언니가 가져온 쌈채
샐러리와 당귀가 섞여 있다
따로 꺼내둔다
며칠 지나, 비둘기통신을 날린다
얼른, 샐러리랑 당귀 좀 따와
지난 번 거랑 장아찌 하게
많지 않은데
대신 신선초 따다줄게

언니도 쌈을 좋아한다
요양병원이 집인 미현이도 좋아한다
은선이도 좋아한다
둘째 언니는 특히 곰취 쌈을 좋아한다
어릴 적 풍성히 먹을 수 있는 게 쌈이었을까
어머니의 옥상 뙈기밭은 푸성귀 꽃이 만발이었지
상추 쑥갓 솔 아욱 가지 꽃이 하늘거렸지

마당엔 접시꽃 채송화 분꽃 머위가 남실거렸지
온갖 생절이에 밥상도 군침을 삼켰지

늦은 밤
어둠보다 묵직한 신선초 샐러리 당귀가 왔다
어머니 된 언니 손이 크다 참 크다
다듬고 씻고 물 빠지길 기다린다
두 솥 간장을 달인다
투병 중인 친구를 그린다
장애인 동생 미현이를 그린다
홀아비 남동생을 그린다
중국지사에 홀로 나간 오라비를 그린다
별이 된 자들을 그린다

밤하늘 끌어다 간 맞춘다

봄볕의 유혹

원인 모르는 두통
짜증과 의기소침과 불안과 의미 없음이
온몸을 앓는다
버틴다 진통제 손에 쥐고
고통이 심할수록 거세지는 간헐적 무호흡
냉소적 두통은 한 발 떨어져 체크한다
맨홀 속으로 빨려들어가는 경계의 모호성
일어나자
두통보다 독한 진통제 먹자
움직이자
진통제보다 평안한 볕을 쬐자

영화관에서
표를 산다
시간의 징검다리에 있다
사이와 사이
벌어진 그만큼에서
쇼핑을 한다
귀걸이 산다
꽂는다

통증이 놀라 달아나지 않을까
뺏다 또 찌른다

동전의 양면 같은 세상
면과 면에도 속과 겉이 있다
속과 겉에도 안과 밖이 있다
다 짝을 이뤄 흘러간다
봄이 불러 겨울 문을 나선다

그리움의 불륜

생일저녁
초조하기도
슬프기도
불안하기도
우울하기도
그냥통틀어가슴아픈것이
들꽃처럼들꽃의문을열었다
어머니자궁문찢듯

혼자예요모히또한잔하려고요
총각사장이반색한다
연말에발간한책을건네고그리움지독하게낀창가에앉는다
모히또조각케이크포크두개
혼자라고했는데?총각사장도모히또?
주인없는포크와포크잃은주인
눈물이난다어머니가날낳으며흘렸을눈물
보고싶다누구랄것없는이그리움의불륜
케이크를먹는다달달한그리움이아프다
집에서날낳은어머니얼마나그리우면날계란을먹고또먹었을까

기다린다한입케이크와모히또한모금만큼

당신에게 가는 길을 익히고 있다

우두커니 서 있는 산 하나가
또 하나 섬이 된다
섬 속의 산에서 바다도 때로는 자리바꿈을 한다
바다하늘에서 종이비행기고래가 날아가고
하늘바다는 분수처럼 비를 뿌린다
바람은 바다의 질펀한 궁둥이를 산등성이로 끌어들인다
산의 가슴 속으로 들어갈수록 심장은 느긋하다
바닷새가 방금 부화했음을 파도소리가 알려준다
새소리 닮은 씨앗 하나
늪에 자라기를 찬이슬 맞도록 소망하던 때가
있지 않았던가
산이 높을수록 바다 또한 짙고 맑아지는 것
사색思索 깊은 산에는 사색死色 깊은 사물들이
저마다 꽃방대신 농주머니를 매달고 찾아든다
바닷물은 샛강처럼 가슴마다 붉은 길을 만들고
육중한 콘트라베이스를 연주하는 바람은 허공에
십육분음표의 길을 불러다준다
거기 있었다 그 길 끝에 당신의 길이 있었다
내 심장은 누더기 옷을 벗어던지고
당신의 길에 사분쉼표로 마디를 두드린다

못난 이브

냉장고를 먹는다
쌈채 한 소쿠리
오이지 한 대접
고슬고슬한 이밥
얼가리김치 걸쳐 먹는다
알카리수 삼백씨씨 마신다
익모초환 한 줌 털어넣는다
평위산 한 봉지도 추가한다
두근거림이 멈추지 않는다
오리 날갯죽지를 굽는다
아담의 갈비뼈 같은 양갈비도 굽는다
오리 날개는 바람을 버린다
바람이 오리 날개를 버린다
양갈비는 수컷이다
아담은 수컷만 만든다
천정을 깔고 바닥을 덮는다
물이 나무로 자란다
물고기가 별로 반짝인다
한낮만큼 잠을 먹는다
한밤만큼 눈을 키운다

텔레비전을 먹고 수도꼭지를 먹고 변기를 먹는다
눈이 점점 자란다
외눈이 된다
하나밖에 모른다
너를 먹겠다는 눈가락질
오늘밤도 코끼리를 먹는다

나무와 개와 나와 아버지

길을 가다 사지 잘린 나무를 보면 아프다
허리가 아리고 엉치뼈가 찌릿찌릿하다
과감히 잘려나간 통일로 은행나무
혹독한 눈보라가 파고들어도 참았는데
칼바람에 살이 터져도 옹골차게 버텼는데
휘청이는 허공을 지탱해줬는데
잘려나간다
흉측하게 널브러진다
팔뚝이 흐느적거린다
다리가 휘청거린다
모가지가 꺾인다
내가 없어진다

길을 가다 후줄근한 개를 만나면 눈물이 난다
개에게서 아버지를 본다
젖은 눈이 하려는 말은 아버지가 그날 하시던 촉촉한 말
하지 마라 가지 마라 어떻게 버티려고
못내 말끝을 흐리시던 그 말
그날 이후 두 번 다시 꺼내지 않은 말은
아비개처럼 꽁무니를 따라다닌다

나와 아버지와 들개는 같은 디엔에이가 있는 걸까

생명은 하나
태초에 생명의 씨앗은 말
말 속에 뼈가 있다고
꽃향기에 뼈가 있다고
바람에 뼈가 있다고
아버지와 개와 나무와 나는 닮은 뼈다

오늘밤도 큰누이와 보리밭둑을 걷는다

술 취한 아버지를 태운 짐자전거가 자갈길을 울퉁불퉁 지나가자 튕겨나간 어린 돌멩이 하나가 아버지 뒤통수로 튀어오르다 내려앉는다 어느새 어머니 흉내를 내는 돌멩이를 맹하니 보다 휙 돌아서 툭 차버린다 막둥이 업고 새참광주리까지 인 큰누이의 허벅지가 보리밭 길을 지나자 보리들이 얼른 자빠지는 것을 보고 또 한번 헛발길질을 한다 저만큼, 못줄에 맞춰 한껏 치켜든 궁둥이가 어머니 냄새를 뿜어낸다 줄을 잡고 있던 옆집아저씨가 황새목을 하고 궁둥이를 날름거리다 독사 같은 내 눈과 마주친다 삐딱하게 서서 꼬나보다 냅다 못줄 대를 걷어찬다 놀란 줄이 못물을 퉁기자 모두가 새참 시간인 줄 알고 쭉 뺀 궁둥이를 끌어올린다 멋쩍은 둘은 저만치 떨어져 오줌을 갈기는데 애꿎은 논둑만 구멍 난다 큰누이가 버무린 열무비빔국수와 탁배기한 사발은 노동요의 중간 쉼표다 술 취한 아버지도 황새목 아저씨도 떠버리아줌마도 곁눈질쟁이 옆동네 아저씨도 미꾸리 안주 찾는 왜가리도 장단이다 뒤죽박죽 엉킨 가난의 타래를 쑥대머리 한 자락에 날려버리는 저들 잘못 걸린 청개구리만 내 막대기장단에 이슬오줌을 지린다 탁배기에 간맞춘 어머니 젖을 빨고는 막둥이 볼이 발그레 피어난다

개미도 나도

양지뜰, 개미들이 빛목욕을 한다

길의 갈라진 틈은 저들의 문

땅 속 개미 부족들, 해를 향해 등을 내민다

나처럼 비타민D 결핍인가

오늘밤엔

방구석에 얼굴을 묻고 있다
아이는 떨고 있고 방은 반듯하다
빗자루도 보이지 않고 쓰레받기도 없다
아이가 소꿉놀이를 했거나 공책에 글씨연습을 했다는
어떤 흔적도 남아 있지 않다
갑자기
윗목의 세 짝짜리 장롱이 점점 자라 천정을 들썩이고
아이는 탄성 잃은 검정 고무줄처럼 아랫목 구석에 달라
붙어 있다
아이의 몸은 보이지 않고 공포에 질린 눈만 허둥댄다
입 없는 눈이 파랗게 질린 말을 하고 있는데
무중력의 언어는 불통이다
장롱에 붙은 화장대 거울에서 나온 깨알만 한 점 하나
눈 한번 껌뻑일 때마다 가늠할 수 없이 커지고
박쥐로 득실거리는 동굴의 입같이
방을 가득 메우며 조준된 먹이가 돼버린 아이에게 덮쳐
온다
또 똑같은 꿈이다
베개가 축축하게 지쳐 있다
아직 빠져나가지 못한 두려움들이 온몸에 소름꽃으로 피

어난다

  잊을 만하면 찾아오는 꿈속 그 아이

  아이는 사십 년 동안 그 모습 그대로 그 공포까지 고스란
히 끌고 찾아온다

  늘 혼자인 아이는 무슨 말을 하고 있는 것일까

  왜 공포괴물은 그 아이를 과녁으로 삼은 것일까

  어떻게 해야 그 아이가 그 방구석을 벗어날 수 있을까

  오늘밤엔 코신 한 켤레 머리맡에 놔둬야겠다

거미가 희미해진 나를 찾아준다

나는 오늘 목숨을 구했다
배달된 책봉투를 열자
새카만 것이 쑥 머리를 내민다
깜짝 놀라 책을 떨어뜨렸는데 고놈은
'후우, 살았다'는 듯 바쁘게 걸음을 옮긴다
봉투 속에서 얼마나 애달팠으면 거미줄도 없는
허공 길을 사정없이 달려 내려갈까
놓는다는 것은 결국 달린다는 것인가보다
단단히 풀칠된 봉투 안에서 캄캄한 두려움을 보내고
햇살의 희망을 맞으며 수도 없이 질렀을 생生소리
소리는 봉투 벽에 부딪치고 실빛에도 반사되어 부서졌
을 터
결국 거미는 죽은 소리를 하루살이 주워먹듯 다시 주워
먹으며
마무리하고 정리했을 텐데
느닷없는 봉투의 찢김으로 날듯 내달린 것이다
'나, 살아야겠어'
방바닥에 갈 지 자로 써대는 거미의 의중을 읽어내려가다
가만히 창밖 감나무 가지에 올려준다
잠깐 멈췄다 후다닥 가는 것이

'고맙다' 하는 것 같다 '힘내' 하는 것 같다

오늘 내내 임진강 적벽 위에서 서성거린 까닭을 알아챘다는 듯

거미를 살려줬더니 거미는 희미해진 나를 찾아준다

주보라의 집

한 달에 한번 숙제처럼 갔다
중증장애인들의 집
엄나무 한약재 파뿌리 대추 마늘과 함께
닭을 고았다
누운 채로 받아먹어야 하는 와상 친구들
숟가락질을 못하는 친구들
아기처럼 떠먹이다
알았다
내 가슴이 헛헛한 것은
정이 고파서였다는 것을
나는 숙제를 하러 가는 것이 아니었다
정을 짓고
정을 끓이고
정을 무치고
정을 차리고
정을 먹으러 가는 것이었다

암세포 같은 모난 것, 무딘 것, 둔탁한 것, 들 펄펄 끓여
한 대접 먹기 위한 것이었다

3부

내 거 아닌 내 거

푸성귀 발전소에 간다
빛이 버무려놓은 초록은 밤새
신열로 빠져나간 기氣를 살려준다
쌈거리가 반갑다
살랑살랑 옷 속으로 파고드는
녹색바람의 희롱이 싫지 않다
한바탕 뒹굴다 쌈채를 딴다
톡톡 소리 내는 쌈채에 물이 그득하다
쌈채 속에서 장자처럼 사색하던
도마뱀 폴짝 뛰어내린다
고개들어 눈 맞춘다
너는 나 나는 너 너도 장자 나도 장자
초록과 더불어 사는 생
물아일체物我一體

돌탑 해맞이

모두의 기도다
소지 올리는 바람
큰 돌은 큰 돌만큼
작은 돌은 작은 돌만큼
돌과 돌 사이
빈 곳은 빈 곳대로
손을 모은다
돌마다 품은 뜻 다부지다
해가 피어나는 내내
저만큼의 눈물로 쌓인다
부끄럽지 않기를
성실하기를
강건하기를
평안하기를
바람이 바람의 손을 꼭 잡는다

바람의 침술

마당, 단풍나무가 소란하다
바람이 갈피갈피 들어가 흔들고 있다
묵은 단풍잎들이 가을가을 떠나간다
떠나보낸 모세혈관들 붉어진다
바람의 침술鍼術을 본다

생각들이 병목에 걸려 있다
버리지도 쌓아두지도 못하는
아파도 아프다고 하지 못하는
슬퍼도 슬프다고 하지 못하는
것들이
병 주둥이 언저리에서 아우성이다
바람의 심술心術이 필요하다

바늘 빛도 막아버리는 그림자
혼자라는 세상에서
혼자가 아니면 혼자일 수 없는 그림자
철저로 위장한 철저치 못한 그림자
빈 듯 빈틈없는 그림자
바람의 침술을 보내야겠다
바람의 침술을 심어야겠다

4월은

노랑이다

누가 뭐라 해도
노랑
누가 뭐라 하지 않아도
노랑
멈춘 지 오래된 교외선 철둑길 비탈진 곳
너울너울 파도치는 개나리가
노랑
자유로 철책 아래
빼꼼 고개 내민 민들레가
노랑
주인 없는 묵정밭
지천에 몸 낮춘 꽃다지도
노랑노랑
고등학생의 책가방 고리마다 핀 꽃도
노랑
선생님 출석부에도
노랑
엄마 가슴 속 한가득 핀 것도

노랑
아버지 주머니마다 들어앉은 것도
노랑
뱃머리에 꽂힌 바람개비도
노랑노랑
4월은
누가 뭐라 하지 않아도
누가 뭐라 해도
산수유나무 가득
생강나무 가득
노랑이다
노랑이다

주름진 생각까지도 노랑노랑 물결친다

풀이 풀을 뽑는다

팔이 꺾인 풀
다리가 주저앉은 풀
목뼈가 기울어진 풀
만나러 가다
대로변 화단에 눌어붙은 풀들을 본다
엉덩잇살이 빠져나간 만큼
허리와 엉치뼈가 새큰거리는 만큼
깔고 깔린 풀은 초경보다 부끄러운 풀물이 밴다
세상잣대에 얻어맞은 풀
관상수에 가려 버려진 풀
꽃에 밀려 뽑혀진 풀
서로 머리채를 움켜쥐고
땅심을 욕한다

풀과 풀의 실랑이질
뽑겠다고 한 쌈
뽑히지 않겠다고 한 쌈
먼저 지치는 풀이 손을 놓게 된다
보도블록이나 깨진 아스팔트를 제 집인 양 헤살대는 풀은
절대 뿌리를 내놓지 않는다

한 줌 재로
뿌리 근처에 묻혀보겠다는 고지식쟁이도
결코 물러설 낌새 아니다
사람이 풀을 뽑는다
풀이 사람을 뽑는다
풀이 풀을 사람이 사람을 뽑는다

편쑤기 한 사발만큼만

눈이 내린다
쌀가루가 폴폴 날린다
백송 우듬지 꽃이 핀다
찌든 가난에 웃음꽃 핀다
떡을 만들자
떡고랭이 길게 길게 뽑아서 햇살 바른 노인정 어르신들
흠 없이 장수하시게
흠 없이 강건하시게
둥글둥글 썰어 꿩고기 맑은 장국에 끓여내자
너도 한 사발
나도 한 사발
새해엔, 떡국 한 사발만큼만
엽전꾸러미 짤랑이게 하소서
새해엔, 떡국 한 사발만큼만
이웃과 나누게 하소서
덩 덩 덕쿵덕 덩 덩 덕쿵덕 세마치장단에
까치 두 마리 깨금발놀이 절로 재미지다

산방굴사

비와 바람과 들리지 않는 소리가
손을 내민다
우산도 없다
비옷도 없다
바람이 이끄는 대로 따라간다
바람은 속이지 않는다
구멍이 숭숭 뚫린 골다공의 산방산
바람이 뼈를 채운다
계단 모서리마다 녹아 있는
돌짐 진 자들의 팍팍함
무릎을 숙인다
바람도 뭉그러진 허리를 꺾는다
골다공의 암자
바람보다 가벼운 부처가
부처의 골수 같은 샘물 바가지를 내민다
상처투성이 이름을 시주함에 넣고
바람으로 가볍게 내려온다

추사를 모시다

추사 김정희 추모제, 발을 얹는다
흑돗괴기 한 점과
태양 달 땅을 상징하는 곤떡을 먹는다
빛의 두께인가 턱진 태양 곤떡을 떼어내려는데
나무젓가락이 휜다
이상히 바라보던 문화해설사
큰일나요 큰일나요
부모가 일찍 돌아가신데요
빨간 입술이 손등을 깨문다
이미 부모님은 먼 나라에 가신 지 오래
큰일이라면, 큰일이라면 의문부호의 꼬리만 흔들리고

탁본을 한다
의문당疑問堂
먹이 잘 배도록 뼈를 맞춘다
둥둥둥 챙 둥둥둥 채앵
북이 울고 징이 운다
둥둥둥 챙 둥둥둥 채앵
묵빛이 운다
먹방망이질 하는 손이 북이고 징이다

궁금한 것을 두려워말라

묻기를 두려워말라

자신에게만 묻는 것을 두려워하라

자신만이 답하는 것을 두려워하라

둥둥둥 챙 둥둥둥 채앵

가슴을 두드리는 먹방망이

둥둥둥 챙 둥둥둥 채앵

손이 떨리고 의문당疑問堂이 열린다

묵향이 들어간다

묵향이 들어간다

꽃이 날린다

감국이 날린다

추사가 묵墨이다 방망이다

신神이다 소리다

둥둥둥 챙 둥둥둥 채앵

참세상

비바람 앞에 그 무엇도 평화일 수 없다
평화는 없다는 걸까
그렇지 않다
평화가 없는 것도 아니고
평화를 잃은 것도 아니고
평화를 놓아버린 것도 아니다
그저 순간 두려움이 앞선다는 것이다
순간의 두려움은 의지를 시험한다
벗어나는 자와 벗어나지 못하는 자
모든 것은 순간인데
순간은 칼날과 칼등을 동시에 내보인다
호흡의 리듬을 무시한다

풀은 흙이다
흙은 하늘이다
나무는 바람이다
바람은 구름이다
비는 바다다
바다는 하늘이다
모든 것은 모든 것이다

모든 것은 모든 것이 아니다
사람이다
사람이 아니다

세상이 흔들린다
사람들이 촛불로 흔들린다
촛불이 사람을 대신한다
풀이 촛불이다
나무가 촛불이다
물이 촛불이다

촛불의 뒤꿈치를 쫓아간다

들이마시고 내쉰다는 것이 짐이다

지금 아픈 것은
무심함이란 짐과 방관이란 짐이
바위덩이로 안겨온 것이다

짐이라고 해서 다 무거운 것은 아니다
짐이라고 해서 다 아픈 것 또한 아니다
숨쉬고 있는 것도
바람이 지나가는 것도
다 짐이다

때로
짐은 고통으로 오기도 하고
통증으로 오기도 한다
싫다고 오지 말라고 거부한다고 해서
멈추는 것도 아니다

시나브로 다가오는 짐
바람인 듯 살랑이다 강타하는 짐
쓰러트리고 부러트리는 짐

다 짊어져봐야 안다

왜 감미롭지만 하지 않은지
왜 눈물주머니만 달려 있지 않은지
옆구리에 지녀봐야 안다

아프리카 어느 원주민은 강을 건널 때
큰 돌덩이를 짊어진다고
급류에 휩쓸리지 않기 위해서
무거운 짐이 자신을 살린다는 것을 알기에

또, 헛바퀴가 도는 차에 일부러 무거운 짐을 싣기도 하지
않는가
그리고 보면 짐이 결코 나쁜 것만은 아니다

이처럼
짐이 짐이 아닌
아픔이 아픔이 아닌
순간이 있다
지금이다
나와 또 다른 내가 교감을 해야 하는 순간
깨닫고 나면 섭리에 감탄하고 마는

대나무처럼

대나무숲에 서 보면
사그락사그락
대나무와 대나무가 이야기하는 소리
사그락사그락
바람 지휘에 맞춰
사그락사그락
리듬을 탄다

모질고 차가운 눈보라에도
거칠게 휘몰아치는 비바람에도
쭉쭉 뻗어오른 대나무
비움의 참됨을 알린다
마디마디
강직함으로 빗장지른다
꺾이지 않는다

땅속 그물처럼 얽혀 있는 뿌리
혹여 뽑힐까
손에 손을 잡고
생각에 생각을 업고

의지하고 단결하여
대이파리
퍼르퍼르 나부낀다

절개節槪진 죽간竹簡마다
기록된 뜻 이윽하다

그대, 대숲 같은 이여
옴살 같아라
고된 역사 이고지고 온 마디마디
잡도리하여 꽃 피우라

올곧은 대나무꽃 피우라

그녀는

큰년이 작은년이 개똥어멈
조선 여인의 이름은 개만도 못했다
엘리자베스 쉐핑은 간호 선교사
조선에 발을 내딛었다
가난과 전염병으로 병자가 넘처나는 땅
엘리자베스 쉐핑은 서서평
헐벗은 사람들 속으로 들어갔다
풍토병 영양실조 22년의 조선 생활
그녀는 갔다
강냉이가루 2홉 현금 7전 반쪽짜리 담요가 유품이었다
구멍 숭숭 거적때기 덮고 떠는 사람
담요 반쪽 찢어주고
남은 반쪽 삭정이 같은 몸 겨우 가린 채 이승의 문 나간
그녀 서서평

찡그린 얼굴 본 적 없다
때때마다 팔 걷어붙이고 한 발 앞서가는 여인
그 여인에게서 외할머니를 어머니를 서서평을 본다
개다리소반에 차려 내주던 동냥아치밥
물어물어 찾아온 이에게 두말없이 캐주던 흰 접시꽃 뿌리

돌멩이라도 귀하고 감사한 것
도려낸 감자도 웃음이고 나눔이다
쉬지 않고 손놀림하는 여인
파프리카 딸기 수세미로 알리는 물의 소중함
시린 머리 뜨개모자는 심장이다
폭풍 속에 서 있기를 수 차례
두려운 기색 읽을 수 없다
엷은 미소 묵주기도가 방패고 창일 뿐
여인은 마리아다
이미정 그녀를 통해 서서평을 다시 읽는다

5·18 민주묘지에서

울컥 울컥
나린다
그대 나린다
깍지낀 손과 손에
맞물린 어깨와 어깨에
촛불로 타오르는 가르마와 가르마에
크고 작게
가볍고 무겁게
모나고 둥글게
뭉툭하고 반듯하게
울면서 울면서 그대 나린다

눈이 나린다
나풀나풀 소복 입고 나린다
눈은 하늘에서 내리지 않는다
하늘 같은 땅에서 쏙쏙 솟는다
봄으로 올라온다
얼음 속 복수초로 벙그러진다
깊은 계곡 갈거니의 눈방울로 빛난다

나린다
나비보다 가볍게
코끼리보다 무겁게
눈에서 눈으로
가슴에서 가슴으로
어머니에서 어머니로
너에게서 나에게로

태초에 말씀이 있었다

말에 뼈대가 서고
살이 붙고
피가 돌았다
지체가 생기고
날개가 돋았다
말씀은 후미진 곳까지 걸어갔고
진창길에도 과감히 찾아갔다

어둠이 밝게 깨어나고
음습은 보송하게 마르고
슬픔은 기쁨 되고
모름은 앎이 되었다

말은 억울의 그물을 벗겨주었다
말에 길이 있어 참됨을 일러주었다

태초의 말씀이 여기 있다

무수한 밟힘에도 살포시 일어서는 풀과 같이
여기 말씀이 있다

밟히고 또 밟혀 상처가 더께로 앉아도
빛이고
길이고
생명이고
진리인 것을 알기에
멈춤 없이 굳건한 활자로 서리라

빵으로만 살 수 없는 세상
무수한 빛 가운데 보이지 않는 빛으로
걷게 하지 마시고
칠흑의 어둠 속에서 한 줄기 빛으로
걷게 하소서

떨어져주세요

장회나루에서
충주호 유람선을 탄다
단양팔경을 유유히 둘러본다
기암괴석들이 드러내 보이는 의중에
눈만 껌뻑거린다
청풍나루 근방 강 한가운데
배와 배가 마주 대고
물물교환을 한다
수몰 이전의 정거장처럼
사람과 사람을 바꿔태운다
〈난간에 계신 분들 난간에서 떨어져주세요〉
안내방송에 폭소가 터진다
〈떨어지라고〉
위험하니 물러서란 말인 줄 알면서도
〈떨어지라고〉
저 옥색의 물속으로
〈떨어지라고〉
복숭아나무가 많아 도화리였다더니
옥색의 물 밑은
아마도 무릉도원이 분명하다
키워드는 〈떨어지다〉이겠지

4부

빙리화 氷里花*

경계와 경계 사이에 있다
점과 점 사이 허공을 채워준다
겨울의 끄트머리
잡은 듯 놓은 듯 떨리는 바람
그 꼭짓점에 있다
피었다는 것은 아픔을 이겨냈다거나
이별을 받아들였다는 긍정
수없이 서성거린 빈 방의 체취를 다 마셨다는 마침표
어둠보다 깊게 떨며 칠흑보다 단단하게 움켜잡은 이슬
밤마다 처절히 싸우며 지킨 그것

*복수초福壽草를 말한다.

혜순 씨와 혜순 씨 신랑

파주역을 지나치는데 혜순 씨 말이 건너온다
벼 익는 냄새다
벼 익는 냄새라고요
벼 익는데 무슨 냄새가 나지
어렸을 때
메뚜기 잡으러 다닐 때
실컷 맡던 냄새
엄마 젖 같은 냄새
툇마루에서 떨어졌다는 혜순 씨
곱사등에 밴 벼 익는 냄새를 꺼낸다

논두렁에 앉아 얼마나 주문을 걸었을까
놀림받는 어린 혜순 씨한테
벼는 여물어가는 냄새를 곱사등에 채우고 또 채웠겠지

혜순 씨 신랑은 귀머거리다
훤칠한 키에 아주 미남이다
입술만 달싹거리지 않으면 아무도 흠집을 모른다
입술에 신랑 손가락을 갖다대고 말을 시켰다는 혜순 씨
배꼽 잡는 말에 싸움은 남의 일

혜순 씨 신랑이 오골계란 청계 알을 준다
크기가 왜 다르지
녀자, 녀자 된다
작은 알을 들어보인다
눈을 키워 경청한다

뼈에 새긴 농사일
블랙홀 같은 귀로 무슨 세상을 봤을까
사슴 눈으로 어떤 말을 들었을까
등 뒤에도 꽃은 피고
등 뒤에도 새의 허공이 있다는 걸
그의 손에서 읽는다

냐, 갼자 갸따 머거
마시쩌
갸따 머거

야매를 만났다

시인의 텃밭엔
어머니가 없어도 어머니가 있다
오이넝쿨 넌출한 지지대는 삽자루 같은 아버지 허리다
말라버린 젖 물고 상추진 같은 체액을 빨고 또 빨았던 막둥이
시인의 텃밭엔
잊을 수 없는 것들이
버릴 수 없는 것들이
상추를 딴다
끊지 말고 젖혀야 한다고
기린잎은 먹으면 안 된다고
밴 것은 솎아주라고

그녀는 상추를 끊었다
대궁마다 들쭉날쭉 쥐 뜯어먹은 꼴이다
뜯긴 잎맥을 놓지 못하는 뿌리는 아프다
흉내는 흉내일 뿐
단발머리 가시내가
처음 커트를 했다
하꼬방에 세 들어온 아줌마
미용사라고 하더니

야매였다

앞뒤 짱구라서

커트하면 이쁠 거라고

새빨간 루즈가 더 빨갛게 씰룩거렸다

불도 없는 다락방으로 가출하고 만 가시내

쥐새끼가 되었다

쥐 뜯긴 상추 같은 머리카락만 한 주먹

시인의 텃밭에서 야매를 만났다

앤디 워홀을 만나다

삶이 워홀이다

'나의 정원 바닥에서'
숨이 딱 멎는다
날개가 있다
곱슬머리다
벌거벗고 있다
색깔이 다 다르다
비정상 체위로 부둥켜안고 있다
포르노 잡지다

아니다

자연의 행위다
풀은 풀끼리
꽃은 나비와
개미는 개미끼리
버드나무는 말똥게와
알몸으로 부둥켜안은 새로운 탄생
날갯짓이다

경이롭지 않은 듯 경이로운 '나의 정원 바닥'
네가 있다
내가 있다

안다는 건 모른다는 것

행복은 널려 있다는데
호박고재기 같은 걸까
가지오가리 같은 걸까
감말랭이 같은 걸까
고구마빼때기 같은 걸까
거두어 내 것으로 만들면 된다는데
호박고재기는 호박고재기 주인 거
가지오가리는 가지오가리 주인 거
감말랭이는 감말랭이 주인 거
고구마빼때기는 고구마빼때기 주인 거
널린 건 다 주인이 있는데
무얼 널어볼까
생각을 널고
행동을 널고
감사를 널면 될까
행복은 널려 있다는데
허망한 행운을 찾겠다고 행복을 짓밟고 있지 않은지
옆에 있어도 옆에 없다고 울고 있지 않은지
보고 있으면서도 어디 있냐고 하는 건 아닌지
온전히 나를 널어봐야 알 일이다

상춘傷春

말이 언어가 되는 일은
봄날 흩날리는 벚꽃과 같다
생살을 찢고 핀 꽃은
뭇시선을 끌어 모은다
수많은 이야기를 풀어내며
화라락 흩어지는 꽃잎
지면의 활자로 박힌다
수피 거칠수록 꽃색 진하고
꽃그늘 짙을수록 그 향 널리 퍼진다
묵은 벚꽃나무 꽃잎이
초서草書를 휘갈긴다

봄앓이만 끓다 상사로 진다

별아산 꼭대기 오른 해가
나뭇가지에 숨은 겨울을 소름처럼 털어낸다
어치, 박새, 곤줄박이는
누군가 걸어놓은 모이통에 둘러앉는다
모이는 거들떠보지도 않고 밤 사이 무슨 일이 있었는지
쑥덕쑥덕 꽁지깃까지 흔들어댄다
흑룡이랑 풍산이는 한집에 사는데,
글쎄 어젯밤에 새앙쥐 세 마리에 길냥이까지 잡아놓았대,
길고양이는 새끼를 가졌더래,
푸드덕푸드덕 퍼덕퍼덕 콕콕탁탁
개와 고양이와 쥐의 관계 찾기에 골몰하다
어울림아파트 출근과 등교는 초침의 달음박질이다
끼리끼리 커피를 마시든지 수다를 떨든지
여자들 엉덩이가 들썩 들썩거린다
꽃다지 여린 색이 피식피식 바람을 탄다
봄은 늙은이 굽은 등에서도 희롱이다
꽃은 꽃대로
나무는 나무대로
어둠은 어둠대로
바람과 내통해 봄을 낳는다
사람과 사람은 봄앓이만 끓다 상사로 진다

백락사에서

온갖 즐거움이 있는 절집
온갖 즐거움이 뭘까 궁리하듯
토리숲길을 어슬렁거린다
부산하지 않은 바람과
채찍질하지 않는 빛살이
헤픈 듯 헤프지 않은 궁둥이를
따라다닌다
숲에 따른 설치미술이 또 숲이다
또 나무다 또 사람이다 또 돌고 돈다
온갖 즐거움은 나무가 낳는다
나무는 나이테마다 성을 달리한다
여성이었다 남성이었다 식물이었다 동물이었다 산이었
다 바다였다 부처였다 예수였다 어머니였다 젖먹이였다 죽
은자였다 산자로 테를 두른다
발길을 잡았다 놓고 놓았다 잡는다
잣나무가 눈물을 흘린다
키 작은 돌부처가 몸부림친다
불구덩이 빠져나온 빈 사람, 그를
안는 것은 나무의 부름이란 억측, 그것이
나무의 테두리다
백락百樂은 백락魄樂일까

말

어레미에
내리고
또
내려도
성난
말은
똬리를 틀고, 물어뜯고, 문을 막고, 꼬리를 낳고, 똥을 싸
고, 칼을 물고, 독살을 뱉고,
뼈
없는
기형의
문장만
짓는다

매미 지다

떨어진 여름 한 잎

길가에 뒹군다

개미가 여름을 먹는다

바람도 스치며 한 입 베문다

조금씩 조금씩

그믐달을 닮아가겠지

여름이었다 주검이었다

다시 여름으로 오겠지

여름 한 잎 두 잎 지고 있다

나를 굽는다

장성에 오랜 지기가 산다
황토방을 지어놓고
어성초를 심어놓고
오골계가 알을 낳고
와송밭에 듬성듬성 소나무가 살고
대나무숲에서 쩡쩡 장끼가 날고
아궁이에 불을 지피고
가마솥에 김을 올리고
별이 쏟아지는 마당에 모닥불을 피우고
별빛 숯불에 고구마 감자를 굽고
가랑이를 벌리고 나를 굽는다

오가피순을 따왔다
간장을 달였다
누름돌을 올렸다

살짝 데쳐 초장을 곁들인다
삶은 오가피순에 함초가루를 뿌려 버무린다

날짜선이 변경됐다

11월11일, 백담사에 핀 개나리경鑿

백담사에 간 S 시인이 철모르는 개나리라며 사진을 올렸다
샛노란 개나리는 싸늘한 냉기에 긴장이 반짝거렸다.
봄꽃이 가을에 피면 추위가 늦게 온다고 했다
봄을 너무 사랑한 나머지 초겨울을 이른 봄으로 착각한
것일까
지구온난화란 커다란 변화 앞에 자기도 모르게 물관의
문이 열린 것일까
— 사랑은 국경이 없으며 기온의 변화도 두렵지 아니하
며 깊숙이 파고드는 예리한 찔림도 겁나지 않으니 오로지
그대 향한 시선 머물 곳 없어도 흔들리지 않는다 어떤 사탕
발림에도 굴하지 않는다고 얼거나 마르거나 베이거나 꺾이
거나 밟혀도 웃는 거라고 돌짝밭이어도 가시덤불 속이어도
질척거리는 개흙이어도 바람 찬 마루 꼭대기여도 툭툭 터지
는 거북등 논이어도 콧노래 간지럽다고 —
11월의 백담사, 꿈틀꿈틀 일어선다
개나리는 철모르지 않았다
건조한 가슴에 무릇한 생각에 두근거림이었다

사랑엔 철이 없으므로

세상이 조현병이다

정신건강복지센터 엘리베이터 앞
갓 스물을 넘긴 듯한 청년이 붙잡는다
한문 수업 안 하고 어디 가요
주차장 가요
강의 시간보다 한 시간 미리 만나야 할 수강생이 있어 요
기를 못한 탓에
차에서 빵 한쪽 먹으려고 서 있던 참이다
목에 걸린 나무십자가를 보더니
예수 믿나봐요 난 천주교 믿는데
아흔아홉 마리 양보다 길 잃은 한 마리 양
나 같잖아요
머리 아파서 아무것도 못하는 나잖아요
얄궂은 식사는 그만두기로 한다
문욱씨를 만나 한자자격시험 지원서를 받으면서 이미 식
욕은 사라졌다
식욕만큼 정직한 것도 없는데
연세대학교 대학원 화학과 학력을 쓰던
그 역시 가시덩굴에 갇힌 양이다
조현병을 앓고 있는 사람들
지구도 열병을 앓는다

곳곳이 싱크홀이다

얼마나 많은 생각을 하면 지구 몸뚱이에 구멍이 날까

원형탈모가 섬을 이룬 내 머리도 어쩜 지구와 같은 병일
지도

신은 어떤 결격사유로 이 양들을 풀어놓은 걸까

세상이 조현병이다

솟대

보면 멈춘다
숨이 멈춘다
새이면서 새 아닌 새
날면서 날지 않는 새
무한히 자유를 날갯짓하지만
발의 뿌리가 있다는
허무한 줄다리기를 눈치챘을 땐
바람의 희롱에 길들여진 후
얼마나 더 당기고 당겨야 벗어날 수 있을까
저 새만 보면 씨앙똥을 지린다

블루베리, 연한 보랏빛 때문에

끓는 볕에 데친다
물집으로 엉긴 표피가 말갛다
색을 잃어버린 색
맛을 놓아버린 맛
탄력 뺏긴 알몸이 몸부림친다

— 어둠 속 빛 먹고 빛 가운데 어둠 먹고 지나가는 바람 불
러 먹고 밤이슬 손 모아 먹고 무지개노을 나눠 먹고 색 밝힌
다 움큼씩 따서 소쿠리에 담는다 설익은 알, 색이 수줍다 —

보랏빛이 연하다고 땡볕에 널다니

어미 몸에 있을 땐 어떤 불볕도 불이 아니었다는

어미 몸에 있을 땐 어떤 꺾임도 두렵지 아니했다는

어미 몸에 있을 땐 어미만 믿으면 다 됐다는

전신 화상 입은 블루베리가 경蟄을 친다

말이 언어가 되는 일,
혹은 겹겹이 쌓여 아득해지는

박성현/ 시인

시를 읽으며 아득해지는 경험을, 우리는 어떤 단어로 형용할 수 있을까. 아득해짐으로써 우리가 겪어야 하는 감정의 멈춤과 전이, 뒤섞임과 지속, 혹은 일탈과 변증은 또 우리를 어느 방향을 이끄는 것일까. 나는 이우림 시인의 문장을 읽으면서 시를 읽는 감정은 결국 아득해지는 일로 귀결되지 않을까, 생각했다. 특히 "모과처럼 썩으란다/ 썩으면 썩을수록 더 짙은 향으로 소지 올리는/ 모과 사람이 되라 한다"(「구층암에서」)는 문장은 '아득해지다'에 포함된 사태들을 압축적으로 보여주는데, 나는 모과처럼 썩을 수 있는지, 썩어가면서 더 짙은 향으로 소지를 올릴 수 있는지, 그리하여 '모과 사람'이라는 삶의 단호한 변주가 가능한 것인지, 궁금했다.

문장을 곱씹을수록 삶을 양분하는 '썩어감'과 '살아감'의 아찔한 대칭은 좀 더 적극적으로 우리 생활을 돌려세운다.

삶 그 자체의 역동적 타오름이 어느 쪽으로 기우느냐에 따라 우리의 인생은 달라지기 때문이다. '산다는 것'만큼 소소하면서도 웅장하고, 유연하고 강직한 것은 없을 것인데, 시인은 왜 한 발짝 멀리 나가 '썩어감'으로 방향키를 돌렸을까.

"어레미에/ 내리고/ 또/ 내려도/ 성난/ 말은/ 똬리를 틀고, 물어뜯고, 문을 막고, 꼬리를 낳고, 똥을 싸고, 칼을 물고, 독살을 뱉고,/ 뼈/ 없는/ 기형의/ 문장만/ 짓는다"(「말」)는, 언뜻 보면 제멋대로인 문장도 역시 상당히 빠른 속도로 의미를 멈추게 하고 가속한다는 점에서 '모과 사람'과 비슷한 악력握力을 가졌다. '시'가 삶의 다른 문장들보다 거칠고 단호하게 다가와서는 아침 차 한 모금 같은 일상을 모조리 찢어버리도록 만드는데, 나는 문장들이 구획한 단단한 결계에 갇혀 숨조차 쉬지 못할 정도로 어지러웠던 것. 감당하기 쉽지 않은 문장의 내력 때문인지 사실상 시를 읽는 '나'는 무장해제되며 낱낱이 분해되고 아득해지는 자신을 바라볼 수밖에 없다.

시 앞에서 아득해지는 경험이란 어쩌면 세계의 돌연한 나타남을 '나타남' 그 자체로 받아들이지 못하는 그러나, 그러한 가능성을 엄밀한 '사실'로 받아들여야 하며 '말'과 '언어'로 변증하여 비로소 문장으로 뽑아내는 불가해하고도 명징한 건축술과 같다. "개구리가 소리를 내민다 소리에는 동굴이 있다 동굴 속에는 꿈이 내린다 꿈은 밤마다 찾아온다 오각형 창문에 쪽지를 꽂아둔다// 비가 먹는다"(「비가 먹는다」)는 이형異形에 가까운 낯선 소리들의 나타남을 보

라. 그곳에 이우림 시인의 시가 있다.

1

세계는 어떤 식으로든 우리에게 자신을 드러내며, 특히 시에 담겨 우리에게 던져질 경우 문장들의 우연한 출몰은 여지없이 현기증과 함께 온다. 다른 말로 바꾸면 '아득해지는 것'이다. 우리로 하여금 사유를 멈추게 하거나 혹은 세계를 괄호 속에 넣고 판단을 중지시켜버리게 만드는 이 시-문장의 도래는 행성 간의 거리만큼이나 멀지만 행간의 우주를 돌연 멈추게도 한다. 그런데 이 경험이 가능한 이유는 무엇일까. 시에 농축된 언어의 초월적 표상 혹은 멈출 줄 모르는 생성의 지속 때문일까. 아니면 문장의 주체가 바라보는 그 풍경의 거대함 때문일까. 인간으로서 도달하기 어려운 자연의 절대적인 자기-계시 때문일까.

사실 우리는 그 해답을 시의 외부에서 찾는 경향이 있었다. 이를테면, 시의 문장이 다른 문장들보다 더 아름답다거나 생활의 현상들을 더 느슨하게 풀어헤친다거나 특별히 독자들이 듣고 싶은 말들을 했다거나. 그러나 아이러니가 집약되어 문장들이 생경하고 낯설어서도 아니고, 언어유희를 통해서 인간관계의 모순들을 적절히 들춰내고 비꼬아 웃게 만들기 때문도 아니다. 문장-속에서 우리가 마주하는 아득함이란 오로지 문장의 주체가 문장이 그려낼 수 있는 모든 가능성 가운데 가장 뚜렷하고 생생하고 구체

적인 실재와의 맞닿음—사실로의 '비약' 혹은 '단도직입'—
으로써, 문장이 정립하는 실재의 순수한 '코나투스conatus'
에서 촉발된다. 여기서 '실재'란, 비유하자면 생활의 지극히
평범한 순간들이며 우리가 간과해왔던 대상들의 사소함이
우리를 향해 던지는 비명들이다. 다시 말해, 대상이 주체의
삶으로 대칭되고, 동시에 '나'의 언어가 그것에 맹렬히 닿을
때 비로소 이러한 '소리의 단발마'들이 시작된다는 것.

그러므로 시 앞에서의 돌연하고 아득한 멈춤이란 언어
의 수면 위로 떠오르는 세계의 순수한 나타남을 적확히 읽
어내는 일이다. 부지불식간에 찾아오는 이 전복은 '나'의 세
계가 관습의 궤도를 일탈하는 순간이며, 바로 여기서 적멸
寂滅은 고요마저 삼켜버리면서 경계를 구획하고, 곧바로 그
것을 넘어선다. 썩으면 썩을수록 더 짙어지는 모과 향은 시
인이 집중하는 "말이 언어가 되는 일"(「상춘傷春」)의 뚜렷한
자취다. 이것이 '모과-사람'에 내포된 비밀이다.

2

'아득함'을 시 쓰기의 방법으로 삼기 때문에 이우림 시인
의 시선은 매우 독특하다. 대상을 직립할 만큼 정면으로 바
라보는데, 물러서지 않으며 비켜 있지도 않다. 혹은 기울거
나 에두름도 없다. 그는 온전한 의미로 대상-의 앞-을 지킨
다. 후술하겠지만 다른 곳도 아닌, 이 '앞'이라는 좌표가 그
의 시가 어떤 방식으로 산출되고, 무게와 밀도를 가지는지

해명할 열쇠다. 그는 대상을 정면으로 마주봄으로써, 사물 자체의 생멸生滅을 뛰어넘는 실존의 내적 기능성들을 살펴보고 이해하며 내면화하는 것이다. 이를테면, "이처럼/ 짐이 짐이 아닌/ 아픔이 아픔이 아닌/ 순간이 있다/ 지금이다/ 나와 또 다른 내가 교감을 해야 하는 순간/ 깨닫고 나면 섭리에 감탄하고 마는"(「들이마시고 내쉰다는 것이 짐이다」) '떨림'으로 실존한다.

통상 대상에서 흘러나오는 이미지들은, 특히 시각적인 경우 우리의 감각 속에 착즙되고 침범하며 뒤엉키는데, 종국에는 산화되어 형상을 잃어버리게 마련이다. 그러나 시인이 대상-앞-에 서 있을 때, 그는 대상의 바깥에서 안쪽을 세밀하게 읽으면서 그 내력과 역사를 새로 쓰기 시작한다. 대상의 얼굴은 전에 없는 표정을 짓는 순간, 시인의 문장은 대상의 가장 깊은 곳에 다다른다. 이러한 태도는 대상을 좀더 명확한 방식으로 또한 대상의 한계를 구획함으로써 전혀 다른 구조로 정립하겠다는 의지와 다름없다. "여성이었다 남성이었다 식물이었다 동물이었다 산이었다 바다였다 부처였다 예수였다 어머니였다 젖먹이였다 죽은자였다 산자로 테를 두른다"(「백락사에서」)는 문장처럼, 그는 나무의 나이테를 짚으며 무수한 세월의 실존들이 다녀간 흔적을 읽어내는 것.

따라서 그의 문장이 내포한 직설은 두 방향으로 갈라진다; "움직이는가, 아니면 멈춰 있는가"(확장과 멈춤). 그러나 이 변증도 나중에는 의미를 잃어버릴 것이다. 상대방의 먼 곳으로 치닫는 이 힘들은 대상을 삼켜버리는 순간의 거대한 해일과도 같은 제3의 힘에 의해 소멸되고 말기 때문. 당연하지만, 시인의 숨은 의미는 바로 여기—제3의 힘—에 온전히 담겨 있다. 이를 증명하듯 시인은 "보면 멈춘다/ 숨이 멈춘다/ 새이면서 새 아닌 새/ 날면서 날지 않는 새/ 무한히 자유를 날갯짓하지만/ 발의 뿌리가 있다는/ 허무한 줄다리기를 눈치챘을 땐/ 바람의 희롱에 길들여진 후/ 얼마나 더 당기고 당겨야 벗어날 수 있을까/ 저 새만 보면 씨앙똥을 지린다"(「솟대」)고 노래하면서 「솟대」에서 대상의 끌어당김과 밀쳐냄의 강도를 제어하는데, 그 '솟대'에 얽혀 있는 힘의 내적 장력은 '씨앙똥'이라는, 죽음과 삶의 입술을 동시에 가진 실존체로 변증된다.

"우두커니 서 있는 산 하나가/ 또 하나 섬이 된다"는, '산'과 '섬'의 역동적인 자리바꿈을 표상한 문장도 마찬가지. 그는 시 「당신에게 가는 길을 익히고 있다」에서 "바닷물은 샛강처럼 가슴마다 붉은 길을 만들고/ 육중한 콘트라베이스를 연주하는 바람은 허공에/ 십육분음표의 길을 불러다준다/ 거기 있었다 그 길 끝에 당신의 길이 있었다/ 내 심장은 누더기 옷을 벗어던지고/ 당신의 길에 사분쉼표로 마디를 두드린다"고 노래하는데, 산과 섬, 바닷물과 샛강, 바람과 콘트라베이스로 이어지고 흩어지며 다시 모이는 과정의 저편에 내가 투사하는 '당신의 길'이 오롯이 새겨 있음을 발견한다.

시인은 대상 앞에서, 대상과 함께 서 있다. 대상과의 끈

질긴 마주봄만이 그것에 내재한 실존의 나타남을 이끌어
낼 수 있다. 그 실존은 시간이 흐르면 흐를수록 시간을 넘
어서서 자기 자신과 쉴 새 없이 마주친다. 바라보는 자로서
의 '나'는 대상 속에서도 존재하며 '나'를 깊이 응시한다. 그
런 방법적 자각을 통해 그는 "시인의 텃밭엔/ 어머니가 없
어도 어머니가 있다/ 오이넝쿨 넌출한 지지대는 삽자루 같
은 아버지 허리다/ 말라버린 젖 물고 상추진 같은 체액을
빨고 또 빨았던 막둥이/ 시인의 텃밭엔/ 잊을 수 없는 것들
이/ 버릴 수 없는 것들이/ 상추를 딴다"(「야매를 만났다」)고
노래하는 것이다. 다시 말해, "꼬돌개 지나야 세상에서 가
장 아름다운 해넘이 볼 수 있"는 것은 오로지 "저 후박나무
알몸"이다"(「후박나무를 읽다」).

3

이러한 은밀한 변증 혹은 말과 언어와 세계의 재배치는
이우림 시인에게 배어 있는 동물적 감각 중의 하나다. 그는
끊임없이 대상을 향한다. 대상이 찢어진 미세한 틈을 읽어
내며, 대상에 부딪혀 굴절되는 빛의 기울기도 읽는다. 땅거
미에 스며들며 내려앉는 황혼의 무게와 넓이, 혹은 너울에
일렁이는 물살의 포말 등을 모조리 새겨넣는다. 그의 기록
은 거침없다. 가히 그가 집중하는 대상의 모든 '엔텔레케이
아entelecheia'를 끄집어내려는 기세다. 그 '현실태'는 반드시
'차이'를 통해서만 확언될 뿐이므로, 시인의 '기록'은 무엇보

다 오직 대상-속-에서만 존재하는 것, 그리고 그것이 '나'의 내면으로까지 확장되는 시간까지를 포함한다.

그런데 이런 '기록'이 가능할 수 있을까. 세계에 대한 시인의 끈질긴 필사가 과잉으로 사라지지 않고, 그것에 꼭 알맞은 옷이 되기 위해서 시인은 얼마만큼의 자기 살을 잘라내야 했을까. 그 면도날이 베어낸 상처에 얼음이 깃들고 다시 녹아 샛노란 꽃을 피우기까지 그가 "밤마다 처절히 싸우며 지킨 그것"은 과연 무엇일까. "참새가 황조롱이 될 수 없고/ 패랭이가 주목 될 수 없고/ 바람이 주막 될 수 없다고/ 알았다/ 나도 칸트였다/ 바다는 바다/ 산은 산/ 용버들은 용버들/ 달려가 쓰러질 수 있는"(「청라도, 나만의 바다」) 개별자들의 고유한 삶일까. 내가 나로서 존재하는 그 마지막 장소로서의 필연적인 경계:

경계와 경계 사이에 있다

점과 점 사이 허공을 채워준다

겨울의 끄트머리

잡은 듯 놓은 듯 떨리는 바람

그 꼭짓점에 있다

피었다는 것은 아픔을 이겨냈다거나

이별을 받아들였다는 긍정

수없이 서성거린 빈 방의 체취를 다 마셨다는 마침표

어둠보다 깊게 떨며 칠흑보다 단단하게 움켜잡은 이슬

밤마다 처절히 싸우며 지킨 그것

—「빙리화氷里花」 전문

"경계와 경계 사이에 있다"는 수수께끼 같은 문장으로 이 시는 시작된다. "점과 점 사이 허공을 채워준다"는 문장이 뒤를 잇는데, 그 역시 주어가 뚜렷하지 않다. 시인이 '기록' 하는 세계의 능동적 표정을 생략한 것. 하지만 그렇다고 해서 이 문장들은 결코 모호해지지는 않는다. 당연하지만, 빙리화氷里花라는 단어 속에는 이미 '개화', 곧 얼음의 무의지적 세계를 딛고 꽃을 피우는 적극적인 봄의 의지가 담겨 있기 때문이다. 그 꽃은 비록 작지만 비장하고 장엄하면서도 투철한 자기-응시의 소산임은 물론이다.

얼음으로 뒤덮인 대지 한 곳이 움푹 녹아 있다. 죽음으로부터 사유된 흰 눈의 결계가 여지없이 붕괴될 약한 고리일지 모른다. 그러나 여전히 얼음을 머금고 있으니 영하의 온도는 여전할 것인데, 바람이 내려와 잠시 몸을 푸는 이유는 무엇일까. 게다가 볕이 잘 드는 곳이라 해도, 그 비좁은 땅에 목숨을 부지할 것이 자리잡을 수 있을까. 기우일 뿐이다. 며칠 지나지 않아 샛노란 무언가가, '얼음'이라는 죽음을 무릅쓰고 솟아나고 있는 것이다.

그것은 흙과 흙이 뒤엉켜 밀어올린 식물의 가냘픈 줄기 혹은 얼음을 물리친 여린 이파리들의 단호한 포용력이다. 겨울의 끄트머리, 단단한 땅을 뚫고 얼어붙은 대지 위로 맹렬히 솟아오르는 봄의 언어들이다. "점과 점 사이 허공을 채워"주며, "잡은 듯 놓은 듯 떨리는 바람/ 그 꼭짓점"에 생명으로서의 가장 고유한 가능성이다. 놀랍게도 우리가 아는 모든 죽음과 생명이, 그 역동적 관계를 대표하여 여기에 깃든 것. 그는 노래한다. "피었다는 것은 아픔을 이겨냈다 거나/ 이별을 받아들였다는 긍정"이라고. "수없이 서성거린 빈 방의 체취를 다 마셨다"고 고백하는 '마침표'에는 "어둠보다 깊게 떨며 칠흑보다 단단하게 움켜잡은 이슬"이자, 연약한 식물이 자신을 고립시키며 "밤마다 처절히 싸우며 지킨" 것들이 깃들어 있다.

그러므로 시인이 끝까지 놓치지 않고 움켜쥐고 있으며, 또한 쉽사리 타협할 수도, 양보할 수도 없고, 대상들을 정면으로 바라보면서 자신의 생애 전체를 쏟아부었던 것은 바로 죽음을 딛고 서 있는 생명의 불가해한 경계, 요컨대 '생명'을 개화하는 식물들의 아슬아슬한 찰나다. "떨어진 여름 한 잎// 길가에 뒹군다// 개미가 여름을 먹는다// 바람도 스치며 한 입 베문다// 조금씩 조금씩// 그믐달을 닮아가겠지// 여름이었다 주검이었다// 다시 여름으로 오겠지// 여름 한 잎 두 잎 지고 있다"(「매미 지다」)는, 그리하여 내가 나로서 존재하는 그 마지막까지 마침내 피어 있을 한 송이 꽃이고, 꽃을 피워내기까지 오롯이 새겨진 삶의 필연성이다.

임진강 적벽,
물결에 반사된 노을이 맑게 몸을 푼다
너를 놓아야 할까
나를 놓아야 할까
노을 문 물결에 묻는다
말없는 물결,
물음표도 생각도 물결이 되어버렸나

강 건너 불어오는 갯버들바람이 잠자리 꽁지 담그듯

살며시 물결에 몸 섞는다

갯버들바람은

버들물결이 되고

무채색 노을이 되고

미늘 없는 낚시 바늘이 된다

낚시꾼은 버들바람처럼 소용돌이로 흐르고

나는 미늘 없는 바늘

너를 낚는다

—「강가에서」전문

임진강에 반사된 노을이, 깎아지르는 적벽을 뒤덮으며 붉은 몸뚱이를 내려놓고 있다. 스며들더니 아예 살을 찢고 파고드는 것이다. 기름을 덧칠한 듯 그 아린 풍경들이 서서히 검은 빛으로 사라져갈 무렵에도, 강과 절벽의 경계를 긋는 핏빛은 더욱 맹렬하게 요동친다. 그렇게 임진강 적벽은 놀라움에서 스스로 깨어나고 있다.

시인은 적벽을 마주한다. 그 '마주함'이란 대상을 정면으로 응시하고 비켜서지 않으며 에두르지도 않는 것인데, 그는 집요하게 파고들며 '적벽'의 매혹을 한층 더 일으켜 세운다. 서서히 날이 지고 물결도 말이 없어졌으며, 마음을 뒤숭숭하게 만들었던 '생각'과 '물음표'도 물결 밑으로 가라앉는다. 적벽을 타고 흘러내리는 노을은 비밀의 숲처럼 깊고 투박하며 자신의 출생조차 모르는 듯하다. 고요가 아니면 설명할 수 없는 신비로움. 강 건너 불어오는 갯버들바람도 잠자리 꽁지 담그듯 살며시 물결에 몸을 섞는다. 그는 적벽과 마주하여 그 단단하고도 날카로운 '고요'를 바라보는 것이다. 강물 속으로 맑게 몸을 푸는 노을이 한 가득 눈에 새겨넣는 고요의 열정과 협로들을 밀어내는 것이다.

아주 오래된 적벽의 풍경이다. 한없이 붉은 노을 너머로, 여전히 갯버들바람이 불어온다. 검붉은 핏물을 움켜쥐며 대지를 덧칠하는 바람은 미늘이 없어 가볍게 스칠 뿐이다. 오래 붙잡아둘 수 없기 때문에 바람은 자유로운 것이다. 오래 머물 필요는 없다. 오래 묵어 바라지는 것은 사진 한 장으로 충분하다. "미늘 없는 바늘"이 노을을 붙잡는 적벽의 방법이기 때문. "바람의 뜻에 돌연 내맡겨진 나뭇잎"(파스칼 키냐르)처럼, 시인은 대상을 관통한다. 대상을 관통하되 결코 '미늘'을 두지 말아야 한다. 그것이 너를 놓거나, 혹은 나를 놓거나 하는 최상의 길이 아닐까. 붙잡지 않으니 노을이 저절로 피어난다. "전신 화상 입은 블루베리가 경^驚을"(「블루베리, 연한 보랏빛 때문에」) 치듯, 적벽은 새빨간 장삼을 펄럭이며 쉴 새 없이 노을-경^經을 읊어대는 것이다.

4

다시, 손에 잡힐 듯한 아득함이 내게로 온다. 아득함은 문장이 내게 말을 걸어옴과 동시에 찾아온다. 내가 바라보는 사물의 깊숙한 곳에서부터 천천히, 그러나 급격하게 펼

처진다. 불에 덴 듯 놀랍지만, 야행성의 모호한 시선도 갖고 있다. 아주 오래 전부터 우리의 투명한 망막에 새겨 있는 별자리를 이끌어내고, 사막과 사막을 횡단하는 낙타의 고된 보폭과 모래의 아찔한 기울기와 같은 그런 솟아오름이다. 만일 시가 봄의 발아發芽라면, 그 '솟아오름'이란 문장이 다다를 수 있는 가장 원초적인 생기이자 욕망이 아닐까. 문장의 은밀하고 따뜻하며 비어 있어도 충만한 이 '안쪽'이 이우림 시인의 표정이 낱낱이 드러나는 극적인 순간들이며 뿌리마저 집으로 삼는("빗물이 눈물이어도/ 독설獨說의 감옥이어도/ 그런 집이고 싶다/ 까치는 안다/ 뿌리가 집인 것을", 「까치는 안다」) 고립의 내적 영역이다.

　시인의 문장이 친숙하면서도 낯설고 심지어는 그로테스크한 그림자마저 느껴지는 까닭이 여기에 있다. 이를테면, 시인은 이 문장의 발아를 통해 코흘리개 친구 경선이가 문득 배꽃으로 피어오르는 모습을 그려내고("으슬으슬하다/ 찬기가 연기처럼 스며들어/ 삭신을 비틀고 다닌다/ 봄비가 흥건하다/ 코흘리개 친구 경선이가 채취해/ 배와 꿀을 넣어 달인 산도라지/ 소태 가득한 입이 더 쓰다/ 쓴 것이 약이라 했지/ 경선이의 달이고 졸였을 기도문을 마신다/ 내 안에 배꽃이 핀다/ 경선이가 배꽃으로 핀다", 「배꽃 피다」), 또한 늦은 가을 백담사에 핀 철없는 개나리를 보며 사랑의 아련함과 집요함을 생각한다("11월의 백담사, 꿈틀꿈틀 일어선다/ 개나리는 철모르지 않았다/ 건조한 가슴에 무릇한 생각에 두근거림이었다// 사랑엔 철이 없으므로", 「11월 11

일, 백담사에 핀 개나리경鏧」).

뿐만 아니다. 그는 세계를 부유하는 온갖 사물들에서 다른 누구도 아닌 '너'의 내면을 이끌어내며("나는 알 수 있다/ 지나가는 바람이라 해도 느낄 수 있다/ 발밑에서 부서지는 낙엽이라 해도 들을 수 있다/ 강물 위를 떠가는 구름이라 해도 볼 수 있다/ 기러기 고단한 날개에 부서지는 빗방울이어도/ 갈대줄기에 매달린 작은 새 둥지라 해도/ 때로는 돌부리가 수도 없이 넘어뜨려도/ 알 수 있다/ 아직 너는 내 피 속에 존재한다는 것을/ 영원히 나는 너이고 너는 나라는 것을", 「너를 찾는다」), 때로는 호박잎으로 밑을 닦으면서 엄마의 시커멓고 오래 묵은 속을 조금이라도 캐내는 것이다("포대종이도 귀하던 시절/ 종이는 자식 주고 어매는 거친 호박잎으로 밑 닦았지/ 종이마저 없을 때는/ 여린 호박잎 한 장/ 비벼주며/ 보드란 데로 닦아라/ 고게 맛있는 호박잎이다// 호박잎으로 밑 닦으면 울 어매 속 쪼매 알까", 「호박잎 한 장」).

그렇게 '아득함'이란 도처에 새겨진 시인과 사물들의 관계-표징이다. 시인이 숨 쉬는 모든 순간마다, 그가 바라보고 냄새 맡고 촉지하는 모든 사물마다 깃들어 있다는 말이다. 그가 세상과 통할 때, 불현듯 찾아오는 햇살 수북한 간지럼이 어쩌면 '아득함'의 정체일지 모른다. "꽃은 꽃대로/ 나무는 나무대로/ 어둠은 어둠대로/ 바람과 내통해 봄을 낳는" 바로 그곳에 "늙은이 굽은 등에서도 희롱"하는 '봄앓이'와 '상사'가 그곳에 있는 것처럼(「봄앓이만 끓다 상사로

진다」), 우주가 한 점에 내려앉는 '황홀'과 '농밀'이 시인의
손끝에서 시작하고 먼 곳을 돌아 회귀하는 것이다. 이것이
시인이 마주한 아득함의 '내력'이고, 그의 문장이 산출되는
존재론적 '장소'가 아닐까.

그러므로 시인에게 '아득함'이란 봄이 '봄'으로서 최고조
에 이르고, 사물이 '사물' 그 자체로서 극한에 이르는 길이
다. 바로 그곳에서 '말'은 '언어'가 되어 우리의 '생살'을 찢고
나올 것이다. "봄이 불러 겨울 문을 나"(「봄볕의 유혹」)서는
각오로 말이다.

> 말이 언어가 되는 일은
> 봄날 흩날리는 벚꽃과 같다
> 생살을 찢고 핀 꽃은
> 뭇시선을 끌어 모은다
> 수많은 이야기를 풀어내며
> 화라락 흩어지는 꽃잎
> 지면의 활자로 박힌다
> 수피 거칠수록 꽃색 진하고
> 꽃그늘 짙을수록 그 향 널리 퍼진다
> 묵은 벚꽃나무 꽃잎이
> 초서草書를 휘갈긴다
>
> ──「상춘傷春」 전문

제주를 물들인 얼음새꽃(빙리화)이 지면서 갑자기 찾아

온 내륙의 봄이다. 눈을 감았다 뜨면 도처가 만화방창萬化
方暢일 정도로 봄의 기운은 빠르게 대지를 뒤덮는다. 흐드
러지는 것은 꽃만이 아닐 것이다. 사월을 걷는 달과 별도,
그리고 거대한 숲과 숲을 흔드는 바람, 바람에 묻은 냄새와
색깔도 그러하다. 꿈이라 해도 쉽게 믿을 정도로 '상춘傷春'
은 크고 깊고 뚜렷하다.

벚꽃 흩날리는 언덕에 시인이 서 있다. 그가 물끄러미 바
라보는 곳마다 녹지 않는 눈송이들이 흩날린다. 저 눈을, 희
고 간결한 백색의 더미들을 뽑아내는 것은 무엇일까. 텅 빈
악보처럼, 작은 소리라도 기입되기를 기다리는 절실함일
까. 아니면 목마를 탄 아이들이 목청껏 내지르는 환호일까.
그 어느 것이든, 저기 소리 없이 날리는 벚꽃을 뒤로 하고 사
람들은 고립된 섬처럼 홀로 흘러간다. 시인이 꿈을 꾸듯 기
울어진 것은 바로 '고립' 때문이다. 고립이 쓰고 또한 고립이
만들어내는 눈송이 한 잎 한 잎에는 무한에 가까운 이야기
들 담겨 있다. "수많은 이야기를 풀어내며/ 화라락 흩어지는
꽃잎"이란 그 살들을 부비며 내게로 오는, 혹은 나를 완전히
덮어버리는 상춘의 서릿발 같은 고독이 숨쉰다.

묵은 벚꽃나무 꽃잎이 어지럽다. 오로지 그뿐이니, 바람
이 휘갈겨 쓴 초서草書란 '꽃색'이고 '꽃그늘'이며 멀리 가는
'꽃향기'다. 체體가 존재하는 한 말은 언어에 닿는 가장 직
접적인 내면일 것. 그리하여 나의 언어는 바람에서 시작해
벚나무를 흔드는 손이 되며, 비로소 세계의 풍경을 일으켜
세우는 '육체'가 된다. 그것은 "내가 나를 낳았"(「을왕리 케

변」)는 실존적 선언임과 동시에 "말이 언어가 되는" 숭고함
그 자체다.

그런데 우리는 여기서 시인이 온몸으로 휘갈겨 쓰는 '아
득함'의 또 다른 방향과 마주하게 된다. 그 시선에는 '바람
의 혀'가 도처에서 찾아내는 "날리는 듯 말리는 듯 획 없는
비"나 "속살 내비치는 꽃의 요염" 혹은 "방정한 흙냄새 속/
수컷의 비린 향"이 적시되어 있으며(「날궂이」), "경이롭지
않은 듯 경이로운 '나의 정원 바닥'"(「앤디 워홀을 만나다」)
의 아직 열리지 않는 '문'처럼 그것은 '말'과 '언어' 사이의 기
묘한 중얼거림과도 같다. 정황이나 분위기로는 우리가 숱
하게 가본 길인데, 막상 시인의 문장을 따라 들어가면 생각
과는 달리 전에 없던 길이 불쑥 튀어나오는 것이 아닌가.
사유를 멈춘 '섣달 그믐밤'의 귀 한 송이, 그 짧은 수묵水墨
같은 스며듦의 이야기들:

섣달 그믐밤
달 길이 어둡다고 귓구멍도 침침하다
길의 문은 귀
왼쪽 귀에서 시작된 길이 나가야 할 길은 오른쪽 귀 그
런데 자꾸만 왼쪽 귀가 간지럽다 편도 일차선 정차된 한
대 때문에 오도 가도 못하고 담배연기로 속 불 지피듯 귀
가 간지럽다 파내야 할 귀똥이 많은가 들썩들썩 뒤척이
는 묵고 묵은 이야기들이 또 이야기를 만드는 걸까 이야
기는 귀가 있어야 말거리가 되는 법 오랫동안 내 귓속에
말의 무덤을 만들었다 비문도 없이 무덤 위에 무덤으로

쌓아올렸다 가끔 무덤은 길을 막거나 문을 닫기도 했다
기울기가 깨진 쳇바퀴는 시간을 무너트렸다 중광 스님을
따라한 상해 누더기 할아버지를 만나거나 다섯 살 아이
가 감당하기엔 벅찬 꿈의 해석이거나 능구렁이로 토막난
뱃속의 태아이거나 귀는 구천을 흔들기도 했다

비가 내린다

겨울비가 귀청을 찢는다

무덤들이 허물어진다

소리도 없이 길도 없이 바람도 없이 사라진다

신발을 신는다

빗방울로 흩어진 달빛을 모아 길을 만든다

—「귀가 간지럽다」 전문

섣달 그믐밤이다. 달이 비추는 길이 어둡다. 귀신이라도
나올 듯하여 집집마다 등을 매달았다. 겨우내 얼어붙은 묵
은눈들이 바람이 매서울 때마다 깨지고 흩어진다. 길가를
뒤덮은 푸성귀 같은 눈은, 섣달그믐에도 아랑곳없이 몰려
다닌다. 몰려다니는 침묵, 몰려다니는 달빛, 몰려다니는 무
덤만이 길 흉내를 내며 멀찌감치 밀려나는 것이다. 몇 걸
음 앞에서 겨우 심지의 근방만 비추는 잔등殘燈이 가물거렸
다. 유리인 줄 알았으나 눈이 어는 소리였다.

시인은 잠시 어둡고 침침한 귀를 만졌다. 섣달 그믐밤이
라 밤을 새워서라도 지켜야 할 것이 있다. 창문을 열면 검
은 깃발들이 아득한 곳에서 펄럭거렸고, 대문을 나서면 달

은 더욱 희미해졌다. 잠과 꿈 사이의 이명耳鳴과 같은, 쉽지 않은 길이었다. 만일 길에도 문이 있다면 분명 '귀'와 같을 것이다. 왜냐하면 섣달 그믐의 '길'은 앞으로 뻗지 않고 걷는 자의 몸으로 향하기 때문이다. 음화陰畫가 산출하는 그 불가능한 걷기가 길의 문을 나서면 시작된다. 그 길은 무한 회귀의 뱀, 우로보로스처럼 끝도 시작도 없다. '귀'를 열고 들어가도 세헤라자데가 속삭이는 천일야화처럼 종착점은 없다. 사정이 이러하니 귀가 자꾸만 간지러운 게 당연하지 않을까. "왼쪽 귀에서 시작된 길이 나가야 할 길은 오른쪽 귀"인데도 "자꾸만 왼쪽 귀가 간지"러울 수밖에.

어쩌면 귀가 간지러운 이유는 파내야 할 귀똥이 많기 때문일지 모른다. 편도 일차선에 정차된 망가진 차 때문에 오도 가도 못하고 담배연기로 속 불 지피는 상황은 언제든 우리에게 닥칠지 모르는 불행이다. 그런데 시인은 '귀똥'을 단지 후벼 파내야 할 쓰레기로 취급하지 않고 "들썩들썩 뒤척이는 묵고 묵은 이야기들이 또 이야기를 만드는", 말들의 집적과 회귀 혹은 순환으로 뒤바꿔놓는다. 이야기란 모름지기 단발마의 흩어짐이 아니다. 누대를 흘러오면서 층층이 쌓여야만 한다. "이야기는 귀가 있어야 말거리가 되는 법"이라는 문장에는 시인이 왜 무한 회귀의 한 지점에 '귀'라는 문을 만들어야 했는지 분명한 이유가 담겨 있다. 일회적 나타남으로 하여 청중을 매혹시키지만, 또한 끊임없이 언어를 향함으로써 말은 전승이라는 실존적 가치를 확대한다.

이야기는 타자와 직접적으로 소통하는 대화의 양식이다.

넋을 놓게 만들고, 배고픔을 재촉하게 하며 눈물조차 말라 버리게 만든다. "오랫동안 내 귓속에 말의 무덤을 만들었다 비문도 없이 무덤 위에 무덤으로 쌓아올렸다 가끔 무덤은 길을 막거나 문을 닫기도 했다"는 고백에서 나타나듯, '귀 똥'이란 그가 파내려간 말들의 아득한 지평들이다. 그는 귀 신과 싸우며 혹은 그들의 이야기를 들으며 대상 앞을 물러 나지 않는다. 대상을 직립할 만큼 정면으로 바라보며 비켜 서지도, 그렇다고 기울다 에두르지도 않는다. 부딪치며 부서지는 육체의 사소한 더미들이 아득함으로써 타오르는 것이 바로 '귀똥'이다. "중광 스님을 따라한 상해 누더기 할 아버지를 만나거나 다섯 살 아이가 감당하기엔 벅찬 꿈의 해석이거나 능구렁이로 토막난 뱃속의 태아이거나 귀는 구 천을 흔들기도 했다"는 이 기괴한 마주침이 시인의 말이고 언어와 문장으로 가는 확고한 길이다.

5

시인은 늘 "말이 언어가 되는 일"(「상춘傷春」)에 집중한 다. 말이 언어가 된다는 것은 세계(혹은 '사실')를 기표의 물 리적 구조 속으로 속박시키는 것과는 전혀 다르다. 그것은 단지 기호로서 문장이 축조되는 방식을 적시하는 것이 아 닌, 그가 끈질기게 살펴보고 관찰하며 내면화했던 대상들 이 언어-속-에서도 융숭한 뿌리를 내릴 수 있다는 믿음과 의지다. '말'은 붙잡을 수 없다. 기록되는 순간 언어로 탈바

꿈하며 말의 원초적 감각들 혹은 신화적 표징들을 모조리 잃어버린다. 말은 신의 입술이고 자연의 불가해한 소리다.

그러나 오직 일회적으로 나타나는 말은 덧없이 사라지거나 기억을 통해서만 재생되므로 그것은 망각보다 더 큰 어둠을 짊어지고 다닌다. 말이 기대야 할 것은 어쩌면 '언어'일지 모르겠다. 하지만 언어 또한 '말'의 성스럽고 신비한 성채城砦에 뿌리를 내려야 한다. 말이 언어가 되는 일이란, 언어가 말로 기울어지는 일과 같다. "무수한 밟힘에도 살포시 일어서는 풀과 같이/ 여기 말씀이 있다/ 밟히고 또 밟혀 상처가 더께로 앉아도/ 빛이고/ 길이고/ 생명이고/ 진리인 것을 알기에/ 멈춤 없이 굳건한 활자로 서리라"(「태초에 말씀이 있었다」)는 믿음과 의지로써. 말은 아득하여 언어에 닿고, 언어도 아득함으로써 말을 살핀다. 이것이 이우림 시가 겹겹이 쌓여 아득해지는 이유다.

현대시세계 시인선 111

당신에게 가는 길을 익히고 있다

지은이_ 이우림
펴낸이_ 조현석
기   획_ 백인덕, 고영, 박후기
펴낸곳_ 북인
디자인_ 푸른영토

1판 1쇄_ 2020년 03월 05일
출판등록번호_ 313 - 2004 - 000111
주소_ 121 - 842 서울 마포구 서교동 467 - 4, 301호
전화_ 02 - 323 - 7767
팩스_ 02 - 323 - 7845

ISBN 979-11-6512-111-2 03810
ⓒ 이우림, 2020

이 도서의 국립중앙도서관 출판예정도서목록(CIP)은 서지정보유통지원시스템
홈페이지(http://seoji.nl.go.kr)와 국가자료종합목록시스템(http://www.nl.go.kr/
kolisnet)에서 이용하실 수 있습니다. (CIP제어번호 : CIP2020007098)